버거운 세상 속

부서진 나를 위한 책

우울한 나를 돌보는 법

버거운 세상 속
부서진 나를 위한 책

데비 텅 지음 | 최세희 옮김

Everything Is OK

윌북

✦ INFJ 데비 텅 카툰 에세이 ✦

힘든 시기를 보내고 있는 모든 분에게 말하고 싶어요.

당신은 혼자가 아니에요.
당신은 소중한 존재예요.
그 자체로 충만한 존재예요.

길을 잃은 느낌.

아무것도 할 수가 없어.

모든 것이

무너지고 있다.

이 고비를 어떻게 넘길 수 있을까.

으으... 오늘 회의 때 말실수한 것 같아...

친구들과 저녁 먹기로 한 약속을 왜 취소했지?

말도 안 되는 핑계를 댔으니
다들 마음이 상했을 거야.

결국 다들 떠나겠지.

엄마 아빠에게 전화해야 돼.

지난주에 전화하겠다고
　　말씀드렸는데...
　　　　지지난 주에도...

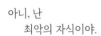

아빠에게 인터넷 쇼핑하는 방법
　　알려드리고 싶은데.

아빠 날 자랑스러운 딸로 생각하실까?

아니, 난
　　최악의 자식이야.

가끔 생각이 너무 많아서

머리가 터질 것 같아.

나만 그런 건 아니겠지만
재수 옴 붙은 날의 연속이야.

버스를 놓쳐
혈압 오르는 날,

마감이 산 넘어 산이라
지레 지치는 날,

하루 이틀 일이 아니지만
이번엔 느낌이 다르다.

너무 오래 끌었고
부담 돼서 미치겠어.

나는 뭐가 문제일까?

왜 다른 사람들만큼 즐겁게,
태평하게 살 수 없는 거지?

가끔이지만, 천하를 호령할 것처럼 기세등등할 때도 있다.

자, 한번 시작해볼까!

하지만 대체로, 침대를 벗어나는 것만으로도 진이 빠진다.

으... 벌써 아침이면 어쩌자는?

오늘 아침은 몸을 일으키는 것만으로도
하루 에너지를 다 쓴 기분이야.

죽지 못해 눈을 뜨고 일어나
욕실로 갔다.

아, 맞다.
오후에 회의 있지.

무기력하고 공허하다.

어쩌면...

내가 대책 없이 게을러서
이런 건지도 몰라.

오늘의 '쇼'도 무사히...

가짜 미소
발사!!!

고개나 좀 들고 다니자.

나 왔어!
밤엔 의뢰받은 일 좀 하려고.

이렇게 늦은 시간에?
안 피곤해?

괜찮아. 지금 해놔야 해.
낮엔 시간이 안 나거든.

하아아암
갑자기 아무것도 하기 싫다.

너무 피곤해.

따르르릉

데비,
프로그램에 몇 가지 좀 바꿔줄래요?

어... 오늘은 안 돼요.
오늘 저 휴무잖아요.

아, 그래요, 지금 뭐 하는데요?

다른 일 하고 있어요.

워낙 시급한 일이라 부탁하는 거예요.
시간당 수당으로 쳐줄게요.

하...그래요.
뭘 바꾸면 되죠?

아! 인터넷에서 그쪽 포트폴리오 봤어요. 아트워크 멋지던데요! 같이하면 좋을 것 같은 프로젝트가 있어서 제안하고 싶은데.

오! 안 그래도 일을 새로 받을 때가 됐거든요. 프로젝트 규모부터 알려주시고요. 보수는 이후에 함께 정하죠.

아... 프로젝트 노출이 돈보다 더 큰 값어치를 할 거라 생각했는데요.

세상 모두에게 보여줄 경력이 생기는 거잖아요! 그런 일에 돈까지 받는다고요?

어때요, 생각 있어요?

공과금은 누가 내주는데...

알았어요... 노출만 돼도 충분할 것 같네요.

미안, 오늘 저녁 담당은 나였는데.

괜찮아.

손 하나 까딱하기 싫다고 매번 당신이 저녁을 차리게 만드네.

난 상관없어.

미안해. 또 늦잠 잤어.

어제 당신이 아끼는 머그잔 깬 것도 미안해. 앞으로 더 조심할게.

괜찮아! 누구한테 무슨 말을 들었길래 별거 아닌 거로 이렇게 자책하는 거야?

몰라.

나 자신일지도.

오늘도 그날인가?

온갖 감정들이

한꺼번에 몰려오는 날

내 버릇은 감정을 마음의 병 안에
꽉꽉 눌러 담는 거야. 그럼 안 보이니까
말할 필요도 없다고 생각하는 거지.

그러다 어느 날 병이
견디지 못하게 될까 걱정이야.

감정을 담는 병

꾹꾹 눌려 있던 모든 게
그만 터져버리면

텅 빈 병처럼 공허하고
무감각한 인간이 될지도 몰라.

그 후 몇 주 동안 아침에
잠에서 깨어날 때마다

날 기다리는 게
있었다.

배를 뒤트는 슬픔,
어깨를 짓누르는 걱정과 고통

온몸에 퍼지는 두려움과 불안

세상 어디에도 나 같은 건
없을 거란 생각이 들었다.

현실과 동떨어진 채

두껍고 흐릿한 유리 벽 너머로
다른 사람들의 인생을 구경하는 기분.

병원에 가보는 게 어때?

지금 내 상태가 병원에 갈 만큼 심각한 건지 판단이 안 서. 그냥 슬럼프면 어떡해?

그 상태가 몇 달째고 나아질 기미도 보이지 않잖아.

전문가의 도움을 받아보는 게 나을지도 몰라.

아무 문제도 없다고 하면? 그러면 정말 어떡하지?

내가 이렇게 생겨먹어서 그런 거고 앞으로도 그냥 이렇게 살다 죽으란 소리나 마찬가지니까.

모든 것에 과하게 의미를 부여하며
온갖 시나리오를 예상하는 건
내 고질적인 버릇이다.

이런 성격으로도 살아남으려
스스로 쳐둔 보호막인 셈이다.

그래야 최악의 경우까지
철저히 대비할 수 있고

상처받지 않을 수 있으니까.

나를 둘러싼 세상이

고요할 때조차

내 머릿속은

시끄럽고 어수선하다.

단 한 마디도 하지 않을 때가 있다.

떠오르는 말이 없어서.

하지만 동시에

너무 많은 말이 떠올라서이기도 하다.

늘 일을 하고 있어야 마음이 놓인다.

안 그러면 자책감에 시달린다.

아무것도 한 게 없을 때면

생각이 곤두박질쳐서 너무 힘들다.

머릿속에 괴물이 있어.

나는 근심의 달인이지요.

하찮은 근심도 나에게 오면
대단한 의미를 덕지덕지 달고선
무시무시한 근심으로 변한답니다.

그 과정에서 이런저런 근심까지
줄줄이 들러붙으면?
매우 이색적인 근심덩어리가 되지요.

나의 타고난 재능이라고나 할까요?

이런 근심

저런 근심

이게 다가 아니야.

모든 걸 제대로 끝마친 뒤에도

개운했던 적이 없었어.

뭔가 빠진 것 같아서 늘 찝찝했어.

평범하게 지내자는 단순한 목표가,
갈수록 점점 더 힘이 들었다.

생필품을 사려고 집 밖을 나서는 것조차
엄두가 나지 않았다.

우유가 다 떨어졌네.

모든 게 너무 힘들었다.

그림, 독서, 달리기 같은 취미 생활도
다 끊었다.

손 하나 까딱하기 싫으니까!

사람들이 사는 모습을 지켜봤다.

그들이 무슨 생각을 하는지 궁금했다. 나처럼 죽을 맛인 사람도 있을까?

나처럼, 괜찮은 척하지만

속으론 두렵고 공허한 사람도 있을까?

만약 있다면 그 사람도 이렇게 마음속에서 전쟁을 벌이고 있을까?

그래, 새 직장은 구했니?

아직 프리랜서로 일하고 있어, 엄마.

프리랜서로 경력을 굳힐 생각이야. 이번엔 정말 신중하게 결정했어.

그래, 네가 제일 잘 알겠지.

응...

그런데 피부가 왜 그 모양이니. 여드름이 왜 그렇게 많이 난 거야?

네 엄마가 좀...고지식해서 이런 문제라면 너그럽게 이해해주는 법이 없잖니.

응원 좀 해주면 좋을 텐데.

엄마는 나름 응원하는 거야.

자기 식대로 표현하다 보니 그런 거지.

그래도, 지금 괜찮게 하고 있는 거지?

네, 괜찮아요. 그냥 일이 몰려서 그래요.

울겠다는 거야?

지금은 안 돼.

약한 모습 보이지 마.

다 포기했고 모든 걸 망쳤다고
인정하는 꼴이 되는 거야.

가끔은 이 세상에 날 알아주는 사람이
한 명도 없다는 생각이 들어.

하... 뭐래, 나도 날 모르면서.

내 마음은 어두운 곳만 골라서
헤매는 경향이 있다.

그래서 가급적 바쁘게 살려고 한다.

계속해.

멈추면 안 돼.

멈추면...

어둠이 덮쳐올 거야.

그때까지도 알지 못했다.
문제가 생겼을 때 속으로 감추기만
하면 마음의 병이 생긴다는 것을.

그런 상태로 너무 오래 버티면

결국 무너지고 만다는 것을.

밤이 되어 자리에 누우면
몸이 아무리 피곤해도 뜬눈으로
지새우기 일쑤였다.

겨우 잠이 들면
깨고 싶지 않았다.

그러다 깨면 차라리 영원히
잠들고 싶다는 생각뿐이었다.

영원히,
사라지고 싶었다.

일에 몸을 던지다시피 했고 쉼 없이 밀어붙이기만 했다.

머릿속의 목소리는 있는 힘껏 지우면서.

그러다 언젠가부터 거울 속 내 모습이 낯설어지기 시작했다.

아무리 노력해봤자 넌 안 될 거야.

성공할 수도 없고

똑똑해질 수도 없고

예뻐질 수도 없어.

넌 죽을 때까지 이렇게 멍청하게 살 거야.

그렇게 나를 궁지로 몰아갔고 마침내 한계에 부딪히자 더는 감당할 수 없게 되었다.

나라고 말할 수 있는 건 아무것도 남지 않게 되었다.

공황발작이 찾아왔다.

세상 모든 것이 견딜 수 없을 만큼
큰 소리를 냈다.

정신이 핑핑 돌며
내 통제권에서
튕겨 나가버렸다.

수백 가지의 생각이
한꺼번에 머릿속으로
밀려들었다.

실체 없는 두려움과
망상에 옴짝달싹
할 수 없었다.

심장이 미친 듯 뛰고
가슴은 옥죄어들어
점점 더 숨쉬기가
힘들어졌다.

공황발작은 느닷없이,
온 세상이 뒤집힌 것처럼
맹렬히 날 덮쳐왔다.

열차가 역에 도착하자마자 집으로 달려와
제대로 숨을 쉬려 애쓰면서
머릿속으로 천천히 숫자를 세었다.

모든 게 끔찍했다.
내 마음인데, 내 몸인데, 내가 통제할 수 없다니.
한시도 공포에서 벗어날 수 없었다.

다시 괜찮아질 수 있을까?

내 정신건강에 빨간불이
켜졌음을 비로소 깨달았다.

나 자신을 챙기지 않았다.
왜 그래야 하는지 알 수 없었다.

그 무엇에도 의욕이 생기지 않았다.
사랑하는 사람들에게조차 마음의 문을
닫아버렸다. 왜 이러는지 말할 수가 없었다.

쓸모라고는 하나도 없는 나를
지탱하는 것에 신물이 났다.

모든 게 상처였다.

한 발짝만 더 내디뎌도
산산이 부서질 것만 같았다.

- 64 -

가장 무서웠던 건 생각이
까맣게 죽은 순간이었다.

내가 살아 있지 않는 편이
모두에게 더 편하지 않을까?

내가 떠나면 세상이
더 좋아질지도 몰라.

이렇게나 극단적인 생각을 하는
나를 발견했을 때 깨달았다.
도움을 구해야 할 때라는 걸.

그제야 병원에
전화를 걸었다.

6번 진료실로 가시면 돼요.

오늘 어떤 일로 오셨어요?

우울증인 것 같아서요.

최근 몇 달 동안 평소의 나답지 않다는 생각이 들었어요.

많이 울고요. 어떨 땐 눈물이 흐르기 시작하면 멈출 수가 없어요.

집중하는 게 힘들어서 일을 제대로 할 수 없을 때도 있나요?

네...

온전히 집중하는 게 힘들어요. 매일 그래요. 걱정을 멈출 수가 없어요. 언제든 사고가 날 것만 같고 별의별 무서운 생각이 들어요.

일상이 급격히 달라질 만한
계기가 있었나요?
평소에 재미있게 하던 일은 여전히
의욕을 갖고 있고요?

전엔 책 읽고 달리는 걸 좋아했는데
안 한 지 몇 달이나 됐어요.
모든 게 다 무의미하게 느껴져요.

자신에 대해 주로
어떻게 생각해요?

내 모든 게
싫어요.

내가 실패자 같고,
모두 내게 실망했다는 생각이 들어요.
이런 생각이 머릿속에서
단 하루도 떠난 적이 없어요.
어떨 땐 종일 그런 말만 들리기도 해요.

며칠 전엔 공황발작이 왔는지
갑자기 숨이 안 쉬어지고 모든 게 미친 듯
핑핑 도는 것 같았어요.

정말 힘들었겠어요.

왜 그런 일이 일어났는지
생각해봤는데...

최근에 있었던 일에 대해 과하게
생각하다 보니 그렇게 된 것 같아요.
하지만 이것도 확신할 순 없어요...
아무것도 확신할 수가 없어요, 이젠.

스트레스가 심한 상황에 자연스럽게
나타나는 신체 반응이에요.
특정한 계기로 그럴 수도 있지만
뚜렷한 이유 없이 나타날 수도 있어요.

최근에 자살을 생각하거나
자해한 적은 있나요?

아뇨...
그런 건 없었던 것
같아요.

그런데 며칠 전, 내가 없으면 세상이
더 좋아질 거란 생각은 했었어요.

몇 달 동안 계속된 증상으로 봐서는 우울증에 극심한 불안 증세가 있는 건 분명해 보여요.

약물 처방은 아직 이른 것 같고 우선 상담 치료부터 받는 게 좋겠어요.

오늘 상담소에 의뢰서를 보내면 상담사가 바로 연락할 거예요. 그때 상담 일정을 잡으세요. 괜찮으시겠어요?

알겠습니다...

마침내 나는 정신건강에 대해 진지하게
도움을 요청하게 되었다.

해방되는 느낌이었다. 진단을 받고 나서 얼마나 위안이 되었는지 모른다.

하지만 나아지려면 성심으로 노력해야
한다는 것도 깨달았다.

내게 도움이 필요하다는 사실을 인정하는 것이야말로 가장 힘든 일일 수 있다.

자존심과 부정하는 마음을 내려놓고
내가 취약하다는 사실을 받아들이는 것.

도움을 요청하는 건 내겐 가장
큰 용기가 필요한 일이었다.

포기하는 마음을 잡아끌어
치유의 기회로 나아가는 것을
의미했으니까.

우울증에 걸리면 사무치게 외로워진다.
정신질환이 수치스럽다는 생각에 모든 걸 혼자 이겨내려 하기 때문이다.

사람들이 날 멋대로
단정 짓고 떠나갈까 봐 두렵다.

아무 일 없는 척 꾸며내느라
심한 압박감을 느낀다.

다,
괜. 찮. 은. 척.

우울증을 안고 살아가면서 가장 힘든 일은
사람들 앞에서 늘 아무 일 없는 것처럼
지내야 하는 게 아닐까.

마음은 산산조각이 나 있는데.

누군가 힘들어하고 있을 때는 그저
　　곁을 지키는 것만으로도 큰 위안을 줄지도 모른다.

함께 있으면서 이야기에
　　　　귀 기울여주는 것.

혼자가 아님을 일깨워주는 것.

상담 치료를 시작하는 날,
말도 못 할 정도로 긴장했다.

상담사가 날 쉽사리 단정하면 어쩌지?

전혀 모르는 사람에게
내 마음을 열 수 있을까?

이러고도 치료가 안 돼서
영영 낫지 않으면 어떻게 하지?

그동안 어떤 일들이 있었나요?

몇 달 동안 이런저런 문제로 마음고생이 심했어요.

그러다 최근에야 우울증이라는 걸 알게 됐고요. 사실 전부터 그런 생각을 했지만 이제 받아들였다고 말해야겠네요.

그리고 불안감은 최근 들어 정말 심해졌어요. 사실 이것도 오래전부터 있었던 문제이긴 한데...

두어 달 전부터 통제할 수 없게 되면서 일상생활을 하기 힘든 지경이 됐어요.

정말 바보 같지만,
몇 주 전에 공황발작이 왔었어요.
일하느라 밤을 너무 많이 새서
수면 부족 상태였거든요.

별것 아닌 일에도
지나치게 연연하다 보니
결국 공황발작까지 온 것 같아요.
말하면서도 민망하네요.

자신의 상태를 설명하면서
'바보 같다' '별것 아니다' '민망하다'는
말을 반복해 쓰시네요.

가족이나 친구 중에 데비 씨와
똑같은 문제를 가진 사람이 있다면
그들에게도 이런 말을 할까요?

아뇨...

데비 씨가 지금까지 느낀 감정은
모두, 처음부터 끝까지,
자연스럽고 당연한 반응이에요.

그런데도 그렇게 말하면
자연스러운 반응을 보이는 나 자신을
깎아내리고 내 감정을 부정하는 거예요.

데비 씨 친구에게
누가 그런 말을 하면
어떻게 할 건가요?

당장 그 친구를 부여잡고
힘 나는 말을 해줄 거예요.

그렇다면 스스로 상처가 될 말을
하고 싶을 때마다 데비 씨 자신을 위해
싸워보는 건 어때요?

그건 힘들 것 같아요...
저를 엄청 몰아붙여야 그나마 좀
너그러워질 수 있을 것 같거든요.

마음속 목소리에 더 귀를 기울여요.

우리가 자신에게 하는 말 대부분은
남에겐 절대 할 수 없을 정도로 가혹하죠.

친구가 의기소침할 때 내가 하는 말

의기소침해진 나 자신에게 하는 말

우울증은 거짓말을 한다. 하지만 우울증이 극에 달하면
마음에 떠오르는 모든 말이 백 퍼센트 진실처럼 다가온다.

난 완전
실패자야.

이제 더 나빠질
일밖에 없겠지.

난 모두에게
상처를 주고 있어.

난 뭘 해도
실패할 거야.

내면의 목소리가 점점 모질어지고
비하하는 투가 되면
한 걸음 물러나야 한다.

한 번에 하나씩,
해보는 거야.

내가 아끼는 사람에게 말하듯
자신에게 말을 걸어야 한다.

내가 나의 친구가 되어야 한다.

오늘은 늦잠을 잤다.

일어나자마자 스스로 채찍질할
생각만 떠올랐다.

오늘은 평소의
두 배로 일해야지!

다른 생각은 떠오르지
않았다.

가령, 나는 더 쉴 필요가
있다는 생각.

오케이.
뇌가 좀 쉬어야 할
시간이구나.

하지만 산더미처럼
쌓여 있는 일은
어쩔 건데?

지금 당장 일어나
해야 한다고.

어디서 감히
쉴 생각을 해?

오늘 다 하겠다고
결심한 건
전부 까먹은 거야?

어제 하루를
처음부터 짚어가며
기억해보라고.

지난주는 어땠지?
작년은 또 어땠고?

쌓인 고민거리를 조금이라도 덜어내도록
노력해봐요. 앞날을 생각할 때
어떤 점이 가장 두렵고 불안한가요?

너무 많아요...

프리랜서로 먹고살아야 하는데
경력을 제대로 못 쌓아서 망할 것 같은 게
제일 두려워요.

그림을 그리고, 프로젝트를 받아
일하려고 정규직을 포기했거든요.

그러고도 부수입이 필요해서
소프트웨어 회사에서
계약직으로 일하고 있어요.

성격이 꽤 다른 두 가지 일을 병행하고
계신 것 같은데, 일에 치이지 않고
원만히 해나가고 있나요?

아뇨...

하지만 선택의 여지가 없어요.
종일 일해야 해요. 주말에도요.
솔직히 말하면 이런 일정을 문제없이
소화하느라 진이 다 빠질 지경이에요.

어떤 날은 잘못 판단해놓고
해볼 수 있다는 망상에 빠진 게
아닌가 싶을 때도 있어요.

여기까지 고생해서 왔는데
모든 걸 잃게 되면 정말 이겨내지
못할 것 같아요.

데비 씨의 제일 큰 고민은 프리랜서 아티스트 경력에 금이 가는 거군요. 정말 그렇게 된다면 어떻게 해결할 생각이에요?

그냥 받아들이고 새로운 일자리를 구해야겠죠. 별로 좋아하지 않는 일이라고 해도 어쩔 수 없고요.

그럴 때를 대비해서 따로 모아둔 돈이 조금 있어요.

전부 다 실패하게 된다면 두어 달 쉬면서 다시 생각해보려고요.

아, 만약을 대비한 계획이 있군요! 그렇다면 최악의 결과에 대응하는 구체적 방안도 스스로 마련해둔 거네요.

그런 식으로 생각해본 적은 없지만 ... 네, 맞아요. 저도 모르게 그런 준비를 해놨네요.

정규직을 선택하지 않은 것에 대해 부모님은 어떤 반응을 보이셨나요?

엄마는 예술이 경력이 될 거라는 생각은 아예 안 하시는 분이에요.

부모님은 심각한 문제가 있는 게 아니라면 직장을 그냥 관두는 건 바람직하지 않다고 생각하시는 것 같아요.

내 선택이 옳았다는 걸, 나는 할 수 있다는 걸 모두에게 증명해야 한다는 부담감이 커요...

증명해 보여야 할 사람 중에는 나 자신도 있는 것 같고요.

그래서 실패가 엄청나게 큰 재앙처럼 다가오나 봐요. 내 안엔 참 많은 내가 있는데 이 한 가지 결정에 다 욱여넣은 것 같아요.

오늘 상담은 어땠어?

괜찮았어...

처음엔 한 번도 제대로
못 버틸 거라고 생각했거든!

전혀 모르는 사람에게 마음을 여는 건
나에겐 불가능한 일이라고 생각했어.

그런데 문득, 어쩌면 그래서 훨씬 더
쉬울 수도 있겠다는 생각이 들었어.

정말 중요한 건, 내 안에선 들려도
　　정작 입 밖으론 절대 꺼내지 않았던
　　　　이야기를 소리 내 말하는 것이다.

내 마음속 가장 깊이 있는,
　　가장 어두운 생각을 드러내는 것은
　　　　미지의 세계를 모험하는 것과 같다.

　　　　혼자 시도하기엔 너무 두려운 일.

　　　　　　상담을 한다는 건
　　　　나를 다른 관점에서 해석하고
　　　　더 나은 사고방식을 가질 수 있도록
　　　격려해줄 사람과 만난다는 뜻이다.

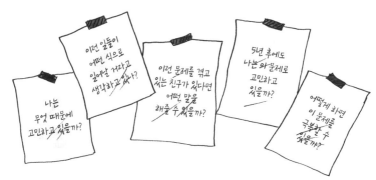

자신에게 가장 잔인해질 때가 있다.

그래도 깨우치는 중이다.

난 최선을 다하고 있다.

중요한 건 자신에게 좀 더 아량을
베풀 필요가 있다는 것이다.

지금 네가 어딜 향해 가고 있는지
알지 못한다 해도 괜찮아.

기가 꺾인 기분이어도 괜찮아.

두렵고 혼란스러워도 괜찮아.

다 괜찮아.

지난번 상담에서 공황발작이 온 적이 있었다고 했죠. 그전에도 있었나요?

아뇨... 있었대도 그때만큼 심하진 않았던 것 같아요. 불안증 때문에 오랫동안 힘들었지만 최근에 유독 심해진 거 같아요.

스스로 통제할 수가 없게 되었어요. 말도 안 되는 생각에 겁이 나서 손가락 하나 움직일 수 없을 정도로요. 머릿속으로 온갖 생각들이 떠밀려 들어와서 아무것도 할 수가 없어요.

불안을 느끼기 시작할 때 보통 어떻게 해요? 어떤 기분이 들고 어떤 반응을 보이나요?

나 자신에게 너무 화가 나요. 불안감 때문에 할 일을 하나도 못 한다는 생각이 들어서요.

내가 너무 미워지기도 해요. 불안한 감정 하나 다스리지 못하고 왜 바보같이 절절매나 하고요.

아, 또 이랬네, 그죠?

다른 사람에겐 못 할 모진 말을 나 자신에게 하는 거요.

스스로 알아차린 건 좋은 징조예요.

네... 발전인 거죠?

걱정하지 말자. 불안해하지 말자.
이런 목표를 세우면 목표 달성에 대한
강박이 새로 생겨난다.

그러면 과잉 각성에 빠지게 된다.

아이러니하죠.
과잉 각성은 불안의 온상
그 자체거든요.

불안이 찾아올까
지레 불안에 빠지더라고요.

바로 그거예요.

불안한 나 자신은 가만히 내버려 두고 불안하다는 사실을 받아들이며 호흡에만 집중하다 보면...

실제로 불안이 조금은 가시는 것을 느낄 수 있다.

처한 상황에서 한 발짝 물러나 좀 더 큰 그림을 보기 시작하면 부정적인 생각이 얼마간 가라앉는다.

스트레스에 대해 너무 많은 생각을 하다 보면 실제 그 상황에서 오는 것 이상의 스트레스를 받게 돼요.

어린 시절의 나는 늘 수줍음이 많았다.

선생님들은 하나같이
내가 너무 내성적이고 사교성이
부족하다고 지적했다.

데비는 수업 시간에 더 적극적으로
참여할 필요가 있어요.

친한 친구는
한두 명뿐이었다.

더 나서서 모든 사람과 스스럼없이
지내야 한다고 생각한 적은
한 번도 없었다.

시련을 극복한다는 건 내 삶에서 그 문제를 생각할 시간과 공간을 마련하고
거기에 혼자 매몰되지 않도록 조심한다는 뜻이 아닐까.

감정을 억누르거나 숨기지 않고, 있는 그대로 느끼고 받아들이는 것.
눈물이 나면 울어. 화가 나면 화를 내.
망연자실한 채 주저앉아도 괜찮아.

결국 다 지나갈 테니까.

내 안의 감정을 있는 그대로 느끼는 거야.

그만큼 중요한 감정이니까.

그렇다고 모든 감정이 진실인 건 아니야.
확신에 가깝다고 해서 사실인 건 아니니까.

떠오르는 생각과 감정을 늘 통제할 수는 없어도
어떻게 받아들이고 행동할지는 선택할 수 있어.

난 못해.

난 실패한 거야.

그냥 포기할래.

내가 나에게 이렇게까지 못되게 굴 필요가 있나?

나 아직 배우는 중이잖아.

앞으로
발전할 수 있다고.

도움을
요청할 수도 있고

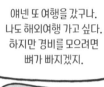

데비, 이거 어쩌죠. 클라이언트가 마음이 바뀌어서 진행 중인 프로젝트의 방향을 바꿔야 할 것 같아요. 미안한데 이번 디자인은 여기까지만 참여하는 걸로 해야겠어요.

네? 거의 다 했는데요? 이번 건의 90퍼센트를 제가 맡았고 심지어 파일까지 다 보냈드렸잖아요!

알아요, 그렇지만 클라이언트가 원하지 않으니 콘셉트를 바꿀 수밖에요.

일러스트 작업하느라 며칠 동안 잠도 못 잤구만.

원래 약속한 보수는 지급할게요.

얼마나 많은 시간과 노력이 들어갔는지 당신들이 알 턱이 없지.

쉬어가면서 하는 거 맞아요?

네에...

매일같이 온종일 일한다고 했었죠.

네, 하지만 제가 썩 생산적인 사람은 아니라 늘 원하는 결과가 나와주는 건 아니에요.

지금 번아웃증후군은 아닌지 걱정되네요. 하루 날을 잡고 아무것도 안 해보는 건 어때요? 긴장을 풀 필요가 있어요.

으, 안 돼요. 끝내야 할 일이 한두 가지가 아닌걸요.

그렇군요... 돈을 벌어야 하니까...

네!

한꺼번에 너무 많은 일이 몰려서
우왕좌왕할 때는 차라리 하루 정도
아무 일도 하지 않는 편이
뇌의 과부하를 막는 길이다.

끝없이 밀려드는 일의 흐름을 끊고
잠시 쉬면 한결 개운해져서
다시 일에 뛰어들 수 있게 된다.

나중에 처리해줄게,
기다려.

하지만 쉬면 안 될 것 같을 때
마음 놓고 쉬는 게 쉽지 않아요.

할 일이 많고
모두 중요한 일이라는 건 알아요.

그래도 생산성으로 자신의 가치를
판단하면 안 돼요.

매일 하나씩 자신을 위해 무언가를 해보면 좋겠어요. 크건 작건 상관없어요.

중요한 건 진심을 바쳐야 해요. 완전히 빠져들어 세상에서 플러그를 뽑을 수 있어야 해요.

자기관리란 필요할 때 나만을 위한 시간을 가지면서 나의 본래 욕구를 보호하는 것을 말해요.

저도 모르게 우울증에 빠져들지 않으려면 잘 먹고, 활력을 유지하고, 일과 생활의 적절한 균형을 맞추는 게 필수예요.

위안이 되는 게 있으면 마음껏 누려요. 사소한 거라도 상관없어요.

심각한 우울감에 시달릴 때 나 자신을
관리하는 건 평소보다 더 힘들었다.
특히 나처럼 자길 괴롭히지 못해
안달이 난 사람은 더더욱...

집이 아니라
돼지우리에 살고 있구나.

못생긴 데다
매력도 없어.

모두가 가치 있는 일을 하며 살아가는데 나만...

나 자신을 돌보기는커녕 내가
무가치하다는 생각만 들 뿐이었다.
날 돌본다는 건 내 머리로는 불가능한
일이었다.

현대사회는 바쁜 삶을 찬양하고 생산성으로 개인의 가치를 매긴다.
그래서 우린 성취에 대한 두려움과 압박감에 끝없이 시달리며
한 가지 일도 제대로 마칠 시간이 없어 허덕인다.

우린 너무 빨리 움직이고 너무 많은 것을 소비한다. 뒤처지지 않으려 애쓰느라
수많은 것을 잃고 있음을, 멈춰 서서 주변을 돌아보지 않느라
수많은 것을 놓치고 있음을 잊어버리곤 한다.

과부하 상태로
스스로를 몰아간다.

자신의 한계를
잊어버린다.

나는 스스로 채찍질을 했다.
밀고 나가라고, 앞만 보고 달리라고,
할 일 목록을 체크해가며
어떻게든 다 해내라고 다그쳤었다.

그렇게
난 소진되어갔고

내 몸은 멈추라고
비명을 지르고
있었다.

젊을 땐 모든 걸 그 자리에서 다 해결하려 들곤 한다.

우리가 SNS에서 접하는 대부분의 삶은
좋은 쪽으로만 편집되고 걸러져서
현실성 없는 단편에 불과하다.

소중한 사람들과 집들이 파티!

그런데도 결핍과 박탈감을 느끼며
다른 사람과 자신을 비교하기 시작한다.

다 행복해 보이네.
왜 난 이 사람들처럼 되지
못하는 걸까?

내가 파티를 싫어해서인가?
내 외모가 별로라서?
아니면 돈이 없어서 그런가?
아니다, 그냥 내가 비호감이라서
그런가 보다.

남들과 끝없이 비교하는 건
정신건강에 좋지 않고,
비관적인 생각과 자기비하의
소용돌이에 스스로를 빠뜨리는
결과를 낳게 된다.

나 역시 특별하다는 걸 잊지 말자.

있는 그대로의 나, 내가 가진 것,
내 삶의 이유와 내 꿈을 소중히 하자.

내가 가고 있는 길에 집중하자.

다른 사람에게 인정받으려고 연연할 필요 없어.

다른 사람을 신경 쓰는 대신 지금의 나를 더 솔직하게 바라보고
나에게 맞는 세상을 만나려면 어떻게 해야 할지 고민하자.

그때야말로 나 자신을 있는 그대로,
온전히 받아들일 수 있는 순간일지도 모른다.

어렸을 때 난 정말 소심하고
고민도 많은 아이였어.

하나부터 열까지 걱정거리였고,
사람들 앞에 나서는 게
제일 무서웠어.

지금은 극복해서
더 나아졌다는 뜻이야?

아니... 지금도 똑같아.

나의 소심함도
있는 그대로 받아들이자!

어렸을 땐 어른만 되면
명확한 인생 계획이 눈앞에
나타날 거라 생각했다.

그래, 원하는 학위도 땄고
졸업도 했으니 등록금 아깝지 않게
좋은 회사에 들어가야지.

다 잘 풀릴 거야!

그러나 인생에
올바른 길은 없다.

우리 모두 예고도 없이
닥쳐오는 삶을 살아낸다.

그리고 우리 모두
최선을 다해 살아낸다.

잠시 쉬어도 괜찮아.

잠시 게으름을 피워도 괜찮아.

재충전하면서 주변을 돌아볼 기회를
스스로 만드는 거야.

누가 알아?
그러다 새로운 길을 발견하게 될지?

다른 사람에게

친절해야 해.

하지만 잊지 마.

자신에게도 친절해야 해.

오늘은 스누즈 버튼을 누르지 않고
일찍 일어났다.

집안일도 마쳤다.

중요한 연락도 했다.

그리고 필요할 때 쉬었다.

사소하지만 승리로 채워지는 순간들.
내가 계속 나아갈 수 있게 해주는...

최선을 다하는 건
이런 상태일 수도 있지만

100%

이렇게 힘에 부칠 때도 있다.

20%

그럴 때 더 명심하자.

힘에 부치는 건 아주 자연스러운 거라고.

일이 너무 많아 감당이 안 될 때는

괜찮으니까 계획을 미루자.

그렇게 나를 홀가분하게 풀어주자.

날 위한 걸 챙기다 보면
아무리 사소한 것이라도 그게 쌓여서
큰 도움이 된다는 것을 깨달았다.

기분이 좋아질 만한 것들을
스스로 채워나가면

행복해지는 길을
발견하게 된다.

늘 거창한 게 아니어도 좋다.
즐거움은 작고 평범한 순간 속에서
찾아지니까.

오늘은 하나부터 열까지 다 불만스러웠다.

아휴, 날 찾는 전화가 왜 이렇게 많이 오는 거야. 점심도 못 먹었다고!

으아! 줄이 왜 이렇게 길어? 내 차례는 도대체 언제 오지?

몸은 왜 이 모양이지.

그만!

조금만 물러서서 가진 것을 생각해보자.

할 일이 있음에 감사하자.

장을 볼 돈이 있음에 감사하자.

움직이고 춤출 수 있는 몸에 감사하자.

오늘 하루를 버티게 해준 작지만 고마운 것들

따뜻한 차 한잔

재미있는 이야기

창밖 풍경

마음이 고요히 가라앉던 순간들

그때부터 불안감이 심해지기
시작한 것 같아요?
다른 사람의 기대에 부응하지
못할까 두려워서?

네, 타고난 성격대로 살면
안 되는 거라고 생각하게 됐어요.

매사에 다른 사람들과
똑같이 하고 있는지 확인하지 않으면
불안해졌어요.

그러면서 한편으로
나의 길을 가고 싶고,
내가 좋아하는 것을 하고 싶다는
생각을 억누를 수 없었어요.

우울증에 빠졌을 때 심한 죄책감에 시달렸다. 세상엔 별별 험악한 일이 다 일어나는데 나처럼 가진 게 많은 사람이 우울증에 걸리는 건 사치라는 생각이 들어서였다.

이만하면 남부럽지 않게 사는 편인데 정신 건강에 문제가 생긴다는 게 말이 돼?

그래서 이 문제를 친구나 가족에게조차 털어놓을 수 없었다.

내가 관종이라고 생각할 거야.

제가 뭐가 부족하다고... 사랑하는 가족도 있는데...

그런 인생이라고 시련이 피해 가는 건 아니에요.

그런 인생이라고 모든 게 완벽하다고 단정해선 안 돼요. 그 어떤 사람도 우울과 불안에서 자유롭다고는 절대 말할 수 없어요.

날 괴롭히는 문제들을
다 외면하고 아무 일도 없는 척하고
싶을 때가 있다.

문제 같은 건 없는 척.

머리부터 발끝까지
멀쩡한 척.

하지만 알고 있다. 그렇게 해선 내 마음의
평화를 결코 얻을 수 없다는 것을.

어쩌면 받아들이는 것이야말로 마음의
병을 치유하는 첫걸음인지도 모른다.

우리는 모두 각자의
삶 속에서 치열하게 싸우고 있으며
모든 싸움은 가치가 있다.
그걸 입 밖에 내지 않는다고 해서,
무가치한 것은 아니다.
애써 외면한다고
극복할 수 있는 것도 아니다.

사실은, 요새 많이 힘들어.

슬럼프에 빠져 허우적대는 건
전혀 부끄러운 일이 아니다.

정신건강을
되찾기 위해 애쓰는 건
결코 창피한 게 아니다.

인생이 원하는 방향으로
가주지 않을 때 실패했다고
단정하기 쉽다.

하지만 그건 실패가 아니라
인생이라는 여정의
한 챕터일 뿐이다.

우리는 어떤 경험에서도
배울 수 있다.

자책감에서 벗어나야 한다.

용서하기 힘든 건
대체로 나 자신이다.

후회하는 나를
그릇된 결정을 내린 나를
용서하자.

실수했다고
나쁜 사람이 되는 게 아니다.

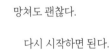

망쳐도 괜찮다.

다시 시작하면 된다.

우리의 여정은 저마다
고유한 가치가 있다.

나에게 맞는 여정을 찾아보자.

난 실패한 게 아니야...
내 나름의 길로
나아가고 있는 거야.

나의 관심사를 따라가자.

나만의 모험담을 만들어 나가보자.

때로는 계획대로

흘러가지 않는다.

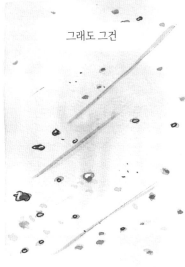

그래도 그건

실패가 아니다.

잠시 쉬어가자.

계획도 기대도
접어두고.

나에게는 내가 있으니까.

삶이 쉼표를 찍은 순간을 누리자.

나, 이 정도면 괜찮은가?

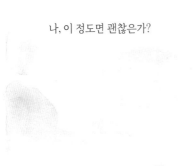

물론.

넌 그 이상으로 대단한
사람이야.

오랜 시간 일한 날엔
컴퓨터를 끄고

하루 중 남은 시간은
나를 위해 쓴다.

산책하며 주변 풍경을 마음에
새기다 보면 감각이 살아나
온전한 나로 돌아갈 수 있다.

발밑의 땅을, 몸을 따스하게
감싸는 햇빛을 느낀다.

눈앞의 현실을 직시하되 멋대로 단정하지 않으려 노력한다.

불안하고 비판적인 생각을 떨치고 마음을 가라앉히는 데는
'마음챙김 명상'도 도움이 된다.

마음속 안전한
공간으로 들어가

찬찬히 숨을 쉬는 것.

이것만으로도
자신을 파괴하고
괴롭히는 행동을
멈출 수 있다.

잠시 기다리면 먹구름을 헤치고 나올 수 있다.

하루하루

조금 더 깊이

나 자신을

사랑하자.

우울증의 원인 중에 단순한 건 없다.
내 경우엔, 사소하지만 중요한 문제가 쌓인 끝에 생긴 것 같다.

어릴 때부터 나를 괴롭혔던
내성적인 성향과 불안

섭식장애를 앓았던 기억

사랑하는 사람들이
내게 실망할까 봐 두려운 마음

완전히 소진될 만큼
일에 몰두했던 날들

머릿속 괴물이 날 비웃는 동안
일하는 기계를 자처하고
억지 미소를 지었던 순간

긴 세월을 나 자신과 유리된 것을 알지 못한 채 살았다.

그러다 내 온 세계가 부서지기 시작했고

균열이 생긴 틈으로 곧장 떨어지고 만 것이다.

우울증은 사람을 가리지 않는다.

우울할 이유가 없어 보이는
사람조차 우울증에 걸릴 수 있다.

고민을 수월하게 털어놓는 사람도
있고, 말도 못 꺼내는 사람도 있다.

우울증으로 몇 년째 고생하는
사람도 있고, 몇 달 전에야 그걸
알아차린 사람도 있다.

우울증의 원인을 스스로 아는 사람도
있고, 이렇다 할 이유를 찾지 못하는
사람도 있다.

와중에도 꿋꿋하게 일상을 유지하는
사람도 있고, 주저앉아 옴짝달싹
못 하는 사람도 있다.

내 경우가 어디에 해당하건, 잊어서는 안 된다. 우울증에
걸릴 이유가 내게도 분명 있었다는 것을.

필요하면 도움을 요청하자.
나의 사연을 부끄러워해선 안 된다.

도움을 요청하는 것은
용기 있다는 증거다.

인생은 험난해 온갖 난관에 봉착하기 마련이다.
누구도 혼자 힘으로만 이겨낼 수는 없다.

상담 치료를 받으면서 상담이
근본적인 해결책이 아님을 깨달았다.

상담 치료가 나의 우울과 불안의
원인을 설명해주는 게 아니었다.

그보다는 내 생각과 정신건강이
어떻게 얽혀 있는지 알아가면서
하나씩 풀어나가는 과정에 가깝다.

내 두려움의 근원, 그것을 극복하는
방법 그리고 자신에 공감하는
방법을 찾는 과정이다.

나 자신을 온전히 받아들이는 경험을
하게 되며, 절망적인 생각들로
가득 차 불안할 때도

쓰러지지 않도록 이끌어주는 것이
상담 치료다.

상담 치료를 했다고
완치가 된 건 아니었다.

다만 달라진 건

무슨 일이 일어나든
다 괜찮아질 거라는 확신을 가지고
세상에 나서게 되었다는 것이다.

한 걸음만 물러나면 알게 된다.
삶은 끝나지 않았음을

계속 살아갈 것이며 새 출발을
할 수도 있음을.

바빠 보이네.
오늘 안에 끝내야
할 게 많아?

자꾸 해이해지는 바람에
더 할 수 있는데도 못 했어.

고작 이만큼 하고
쉬건 뭘 쉬어?

아냐, 그만... 자책하지 마.
부정적인 생각도 하지 마.

속도는 느리지만
목표를 향해
가고 있답니다.

느려도 가고 있으면 된 거지!

날 비판하는 건 이제 그만할 거야.
자신감을 갖고 날 믿어보려고!

가만 보면 자꾸만 이런 사람 아니면
저런 사람이 될 거야, 라고 하는데
둘 다 하면 안 돼?
비판하는 동시에 믿기도 하는 거지.

어느 한쪽으로 치우치지만 않으면
둘 다 갖고 있어도 괜찮지 않을까?

오, 그러네...
맞는 말 같아.

유독 힘든 날이 있다.

그래도 한 걸음,
두 걸음 나아가자.

언제나 정답을 가지고
있지 않아도 괜찮다.

결승선이 보이지
않아도 괜찮다.

숨지 않고 하나씩 부딪치며
나아가는 것이 용기다.

기분에 대해
사람들이 흔히 하는
착각이

한 가지 상황에
한 가지 기분만 느낀다고
생각하는 것이다.

우울하거나 우울하지 않거나,

불안하거나 불안하지 않거나.

하지만 기분은 스펙트럼에 가깝다.

대개는 어중간한 상태에 있고
이 상태 또한 날마다 달라질 수 있다.

늘 친절을 베풀자.

누가 힘들어하고 있을지 아무도 모르니까.

결국에는 사랑이 늘 이긴다.

불안한 기분이 들 때마다 나 자신에게 말한다.

불안하면 어때? 아무 문제 없어.

이 또한 지나갈 테니까.

언젠가는

불안에서 벗어나

자유로워질 거야.

오늘이 그날이 아닐 뿐.

힘든 시기를 겪는다고 해서
자신의 가치를 깎아내려선 안 된다.

나는 매 순간 소중하며

있는 그대로의 나로서 소중하다.

그 후 나는 사소하게나마 변화를 모색했다. 내게 가치 있다고 생각되는 일에 더 많은 시간과 노력을 기울였다.

근로 시간을 주 3일로 줄인 계약서입니다.

작업 청탁이나 프로젝트는 내가 좋아하고 적정한 보수가 보장되는 건만 받았다.

그 일러스트는 제안해주신 방향이 너무 좋아서 얼른 하고 싶네요! 내일 청구서를 보내드리겠습니다.

그리고 개인 프로젝트의 일환으로 내가 다루고 싶었던 주제로 글을 쓰고 그림을 그리기 시작했다.

불안

내향성

정신건강

마침내 내 이야기를 널리 알릴 수 있게 된 것이다.

나의 첫 책!

소란스러운 세상 속 혼자를 위한 책

느리지만 이런 과정을 거쳐
프리랜서 작가가 될 수 있었다.

온라인 스토어에 등록했어.
독립출판사 차려서
내 책 내가 낼 거야.

모든 단계에서 재정 상태를
확인하는 것은 필수였다.

드로잉 태블릿을 새로 사려면
지금부터 돈을 모아야 해.

한시도 마음이 놓이지 않았지만
결과는 헛되지 않았다.

내가 진심으로 즐길 수 있는
일이 주는 긍정적인 에너지는
실로 엄청났다.

일하는 자아와 살아가는 자아가
더 깊이 교감할 수 있었다.

여전히 내 정신건강 문제에 대해
말하는 게 편하진 않다.

툭 터놓고 말하진 못하지만
글과 그림으로 얼마든지
녹여낼 수 있다.

이러지도 저러지도 못하면서 하루하루 버티던 예전과 달리
이젠 다가올 아침을 기대하며 잠들 수 있게 되었다.

한 가지 일을 완수할 때까지 진심으로
온힘을 다할 수 있게 되었다.

이번 일은 저도 큰 기대를
걸고 있어요. 시안으로
몇 장 그려봤는데
한번 봐주시겠어요?

인생이 더 충만해지는 느낌이었고
나의 행복지수는 크게
높아졌다.

블로그에 내 경험담을 올리자
댓글로 비슷한 경험을 올리는 사람들이
하나둘씩 나타나기 시작했다.

내 만화를 읽고 나니 전처럼
외롭지만은 않게 되었다고 말하는
독자가 정말 많았다.

저 같은 사람이
또 있다는 사실에
얼마나 위로받았는지
몰라요!

정말 꿈에도 생각지 못했던 선물은

나 또한 전처럼
마냥 외롭지만은 않게 되었다는 것이다.

우리 눈에 보이지 않을지언정, 누구나 저마다의 고민을 안고 산다.

나만 혼자라는 생각에 사무쳐도, 나는 혼자가 아니다.

오늘은 우울감도 불안감도
느끼지 않은 하루였다.
정말 얼마 만인지 모르겠다.

자포자기와 자책으로
나를 괴롭히지도 않았다.

살아 있구나...

몇 달 만에 되찾은
느낌이었다.

몇 가지 프로젝트를 동시에 하면서
밀린 이메일을 썼고,

좋은 책을 읽으며
차분한 시간을 보냈다.

달리기도 하고

몇 달 만에 달리는 거야!

샤워를 하고 나서
마음에 드는 옷을 입고

가족과
저녁 외식을 했다.

거창하지 않아도 행복한 하루.

함께 있는 것만으로도 즐거운 사람들과
웃으며 보내는 시간이
사뭇 경이롭게 다가올 때가 있다.

성장은 순차적으로 이뤄지지 않는다.

나는 요새도 힘에 부쳐 모든 것을
다 포기하고 싶을 때가 있다.

그래도 예전처럼 바닥을 치지는
않는다. 내가 어떤 사람인지
잘 알게 되었기 때문이다.

나는 계속 성장하고 배우고 있으며
그만큼 강해졌다. 그 힘은 언제나
내 안을 채워줄 것이다.

또 한 번 폭풍에 휩싸여도
괜찮을 것이다.

반대편으로 나아가면 빠져나갈 수
있다는 것을 아니까.

나빠질 것 같다는 생각에 지레 전전긍긍하지 말자.

결국 안 될 거야.

폭삭 망할 거야.

모두 나에게
실망할 거야.

시간 낭비만
하고 있잖아.

그건 곧 좋아질 가능성도 있다는 뜻이니까.

잘 될 거야.

경험에서 많은 것을
배울 거야.

경험이 쌓일수록 더 나은
내가 될 거고

자신감을 가지고
꿈을 찾아 나서게 될 거야.

나를 되찾는 여정은 굽이굽이
감도는 험준한 길이다.

가파른 오르막을 끝없이
올라갈 수도 있고

아무리 애써도 실패만 거듭한다는
생각이 드는 날도 있을 것이다.

하지만 그때도 나는 앞으로
나아가고 있는 것임을 기억하자.
한 번에 한 걸음씩.

자신에게 너그러워지자.

아프면 잠시 쉬며
치유하자.

무작정 가보는 것 말고는
할 수 있는 게 없을 때도 있다.

모든 게 두렵고 혼란스러울 때도

좋은 날이 올 거라 믿고
꾸준히 나아가자.

지나온 시간이 밑거름이 되어
평탄한 길이 펼쳐지는 날이 올 테니까.

영원히 이렇게 갇혀 있진 않을 거야.

폭풍은 결국 잦아들 테니까.

그 끝에서, 한 뼘 더 자란 나와 마주할 거야.

그리고 포기하지 않은 과거의 나에게
고마워하게 될 거야.

어린 시절의 나를 찾아가
조언해줄 수 있다면

이렇게 말해주고 싶다.

다 괜찮아질 거야.

넌 아무 문제 없을 거야.

잠시 멈춰 서서

네가 어디까지 왔는지 돌아봐.

기분 괜찮아?

좋아!

아, 백 퍼센트 좋은 건 아니지만 그래도 나쁘지 않아.

삶에서 완성은 없는 거고, 다만 늘 좋은 방향을 찾아갈 뿐이라는 걸 받아들이고 있어.

나에게 보내는 편지를 써보면 좋겠어요.
지금까지 날 힘들게 했던 것들과 그것들을
어떻게 헤쳐나갈지를 쓰는 거예요.

친구에게 쓰는 편지라고 생각해봐요.

무슨 말을 쓰는 게 좋을까요?
어떤 투가 괜찮을까요?

어느 정도로 공감해주면 될까요?

데비, 안녕...

최근에 맘고생이 심했던 것 알아.
돌아보니 정말 먼 길을 왔구나.

지금 넌 프리랜서로 프로젝트를 이끌면서
재능을 발휘하고 있지.
원하는 예술을 하면서 돈까지 벌고 있다고!!

좋아하는 일을 하며 사는 거 정말 즐겁지 않아?

소심하고, 사서 걱정하는 건 여전하지만 그것
역시 네 성격의 일부로 받아들일 줄도 알게 됐어.

안녕하세요!

앗!   으악!
안녕하세요!

살다 보면 처음 보는 세상에 뛰어들어야 할 때가 올 거야.
마음은 전혀 준비가 안 됐는데도 무작정 뛰어들어야 하지.

두렵고 힘든 여정이 될 거야.
한동안 균형을 잃고 나뒹굴 수도 있어.

하지만 넌 무사히 발걸음을 뗄 거야.

굳건히 발을 내딛는 순간 진정한
너를 만나게 될 거야.

모든 게 혼란스럽고 엉망인 것 같을 땐
너에게 정말 중요한 것들을

붙잡고 버티면 돼.

끝이라고 생각한 것이
시작이 될 수도 있어.

인생에 완전한 건 없어.

하지만 그래서 인생은
아름다운 거야.

아. 네가 정말 힘들었던
시절을 떠올려봐.

그때 넌 속으로 이렇게 말했었지.

'난 이 지옥에서 영영 벗어날 수 없을 거야.'

그런데... 넌 벗어났어.

넌 그런 사람이고
앞으로도 그럴 거야.

Everything Is OK

— The end —

지은이 _ 데비 텅 Debbie Tung

데비 텅은 영국 버밍엄에 사는 만화가이자 일러스트레이터다.
'Where's My Bubble (wheresmybubble.tumblr.com)'을 운영하며
소소한 일상, 책, 홍차에 관한 만화를 연재한다.

지은 책으로는『딱 하나만 선택하라면, 책』,
『소란스러운 세상 속 혼자를 위한 책』,
『소란스러운 세상 속 둘만을 위한 책』이 있으며
《허핑턴포스트》,《보어드팬더》,《9GAG》,《펄프태스틱》,《굿리즈》등에
작품을 기고한다.

옮긴이 _ 최세희

대학에서 영문과를 전공한 후 문화콘텐츠 기획,
라디오방송 원고를 쓰며 출판 번역을 해오고 있다.
『딱 하나만 선택하라면 책』,『소란스러운 세상 속 혼자를 위한 책』,
『소란스러운 세상 속 둘만을 위한 책』,『렛미인』,『예감은 틀리지 않는다』,
『사랑은 그렇게 끝나지 않는다』,『사색의 부서』,『에마』,『깡패단의 방문』,
『킵』,『인비저블 서커스』,『맨해튼 비치』,『우리가 볼 수 없는 모든 빛』등을
우리말로 옮겼으며 공저에『이수정 이다혜의 범죄 영화 프로파일』이 있다.

버거운 세상 속 부서진 나를 위한 책

펴낸날 초판 1쇄 2023년 4월 20일
　　　초판 2쇄 2024년 3월 23일

지은이 데비 텅

옮긴이 최세희

펴낸이 이주애, 홍영완

편집장 최혜리

편집2팀 이정미, 박효주, 문주영, 홍은비

편집 양혜영, 박주희, 장종철, 강민우, 김하영, 김혜원, 이소연

디자인 김주연, 박아형, 기조숙, 윤신혜, 윤소정

마케팅 정혜인, 김태윤, 연병선, 최혜빈

해외기획 정미현

경영지원 박소현

펴낸곳 (주)윌북　**출판등록** 제2006-000017호

주소 10881 경기도 파주시 광인사길 217

전화 031-955-3777　**팩스** 031-955-3778

홈페이지 willbookspub.com

블로그 blog.naver.com/willbooks　**포스트** post.naver.com/willbooks

트위터 @onwillbooks　**인스타그램** @willbooks_pub

ISBN 979-11-5581-596-0 (03800)

〚 함께 읽으면 좋은 책 〛

혼자가 좋은 나를 사랑하는 법
소란스러운 세상 속 혼자를 위한 책
데비 텅 지음 | 최세희 옮김

책덕후가 책을 사랑하는 법
딱 하나만 선택하라면, 책
데비 텅 지음 | 최세희 옮김

혼자가 좋은 내가 둘이 되어 살아가는 법
소란스러운 세상 속 둘만을 위한 책
데비 텅 지음 | 최세희 옮김